Super ET

www.einaudi.it

ISBN 978-88-06-18665-4

Luciano Ligabue

Lettere d'amore nel frigo

77 poesie

Prefazione di Nico Orengo

Einaudi

Prefazione

di Nico Orengo

Ligabue se n'è venuto su, a fianco degli spaesati di Tondelli, degli stralunati di Cavazzoni, di quei camminatori di pianura di Celati, imboccando la Via Emilia, metafora di un on the road possibile, fra trattori, ciliegie di Vignola, piastrelle di Sassuolo, sentendo alle spalle il vivace laboratorio emiliano e bolognese, una modernità in elastico fra tradizione rurale e avanguardia di modelli amministrativi e culturali.

Cognome che hai nell'orecchio, evocativo di colori forti, rombo di moto, di *naïveté*, «Ligabue» è un passepartout persuasivo che sembra dichiarare subito le proprie intenzioni di spirito anarchico dolce, di libertà di movimento, di maledettismo temperato, il rifiuto dell'autolesionismo per un «salviamoci la pelle | che è quello che ci resta». Perché è dalla pelle che tutto comincia, la pelle del paese, dalla quale non conviene strapparsi per non perdere l'identità e perché l'altrove, ma sí, anche New York, potrebbe dare quello che si ha qui, in quel di Correggio: i campi, il bar, gli amici, la banda del paese, il cinema e una casa con affetti e libri e dischi. Una realtà piena e semplificata per uno come Ligabue che si considera innanzitutto un musicista, scrittore di canzoni e poi, cantante. E dove il palco e la recita del personaggio sono solo un momento di quella che è la sua vita e la sua attività di compositore.

Ma l'energia è tanta e la canzone è stretta e per quanto Ligabue cerchi di trasformarla in racconto il tempo di un disco è quello che è. Allora ecco allargarsi sulla pagina con i racconti di *Fuori e dentro il borgo* o passare alla regia con *Radiofreccia*. La canzone diventa un canovaccio per il racconto, il racconto diventa traccia per un film. E tutto per parlare dei ragazzi, dei loro sogni, a metà degli anni '70 e dei successivi decenni. Quella è la pelle di Luciano Ligabue. C'è Tondelli, c'è Bukowski, c'è l'amico Guccini, ci sono i Rolling, Dylan, Keith Richards, le prime radio libere con *Jessica*, *Black Market*, *Sweet Home Alabama* o *Rebel Rebel* di David Bowie, a cui, nel tempo ha risposto con i suoi tanti dischi, da *Ligabue* a *Lambrusco*, da *A che ora è la fine del mondo*, a *Buon compleanno Elvis*, *Radiofreccia*, *Nome e cognome*. Ci sono i suoi registi, che vanno da Truffaut a Kubrick e Fellini, da Scorsese a Wenders. C'è, fra cinema e letteratura, l'immaginario di un qualcuno che è nato anche prima degli anni '60, anno in cui è nato Ligabue, e dunque di un qualcuno che è vorace, curioso, che non guarda solo intorno e in avanti. E che soprattutto si prova e si trova nella scrittura, luogo d'attrazione della sua esperienza. Luogo di comunicazione con gli altri e luogo di «messa a fuoco» con se stesso. Cosí sembra, quando, come in questo *Lettere d'amore nel frigo*, Ligabue sceglie il verso che è della poesia. «È uno come tanti | che ha le sue | lettere d'amore | nel frigo | e nello scomparto frutta...», scrive, abbassando il tono, mimetizzandosi, tornando non solo metaforicamente a Correggio, lontano da amplificatori e luci e folla. Cercando di recuperare il nocciolo di quanto verrà dopo, la scintilla del compositore, dell'autore di canzoni. Qui, la poesia vuol dire intimità, scheggia di riflessione e racconto, un brogliaccio di emozioni sostenute da un filtro d'ironia: «un amore che comincia d'estate | è un amore in salute...» Versi su spaesati, abbandoni, delitti, rapine, su «ogni giorno (è) buono | per il lancio | della prima pietra», versi d'abbandono. Ma versi senza musica, che non sia quella della parola, del ritmo, dell'a capo. È come se Ligabue scrivesse controcorrente, la sua abituale corrente, quella che affida la parola alla musica. Qui, in questa raccolta, c'è la totale assenza di canzone, è inutile provare ad applicargliela, magari ricorrendo ad un suo «motivo» o ricalcando un suo «tema». No, qui c'è Ligabue che scrive poesie, aspre o in rima, secche e sincopate. C'è una nudità di pelle poetica, un mostrare l'urgenza del concetto, il lampo e la sintesi di un antilirismo dichiarato. Qui, corpi e oggetti brillano di una luce cruda e si intrecciano in storie di quotidianità e sentimento aspro, a difesa di sentimentalismi facili, scontati.

Materiali poetici che verranno diluiti, filtrati in canzoni? O un percorso da gambero? Come se Ligabue avesse cercato la libertà di tornare indietro, partendo dalla sua ultima canzone per arrivare alla prima scritta, seguendo sottopelle i nervi e le vene del suo esprimersi, l'incandescenza dell'esprimersi. Là dove c'è «la vita da vivere, vivere».

Lettere d'amore nel frigo

Uno

prima di accendere la tivú

guardiamo gli insetti
sbattere sulle lampadine
li vediamo friggere
diciamo
non ce la fanno
a entrare nella luce
quegli stupidi

luci di posizione

in caso di nebbia
se vedete cosí
sessanta chilometri all'ora

e vedete
la macchina morta
di ruggine avanzata nel prato
sogno di vacanze romane
per lucertole
fuori stagione
fuori stagione
come la pozza
con ambizione di lago
fuori stagione
come quel paio di fiori
arrivati in anticipo
per essere primi
mentre per primi
soprattutto
muoiono

in caso di nebbia
se vedete cosí
quaranta chilometri orari

siete nel tratto
con l'esseoesse
inattivo
ondaradio vi stona
di prudenza
su musica orizzontale

forse vedete
il traffico d'angeli
chiedere ordine
forse vedete
segni di psicoguerra
in atto
e il cartello
stiamo lavorando per voi
anche se voi
non l'avete mai chiesto
come faranno a sbagliare
cosí tanto a indovinarvi?
ci sarebbe
il divieto di sorpasso
per i camion
ci sarebbe
il limite a centotrenta
ce ne sarebbero di cose

in caso di nebbia
occhio ai segni

se sentite
l'odore di concime
soccombere
se vedete
nuvole ancorate
alla nebbia
infiniti colpi
d'abbagliante
sul collo
silos cromati
lussureggianti
nella loro fedeltà
al padrone
se vedete le mosche

e i cani che hanno
un incidente con voi
svolta obbligata
a destra
e poi a sinistra
punti neri del mondo
per cui su
e subito giú
la corsia d'emergenza
sempre piú magra
gli avvisi per la piazzuola
messi troppo avanti
per potere davvero
scegliere se fermarsi o no
la scritta
dio c'è
forzare l'imbiancatura
fatta dopo

in caso di nebbia
occhio ai sogni

se vedete i due cartelli
trasporti eccezionali
chissà
magari
tra i due cartelli
vi ci potreste infilare

post it

ci si allontana a spinte
va cosí

nel frattempo
prego
compilare
dichiarazione
peccati

nel frattempo
rigirare legnetto
su pietra possibile
in era glaciale

nel frattempo
prego
non conservare
lo scontrino

nel frattempo
riconoscere
espulsione
di madre
costeggiare
spalle girate
di padre

nel frattempo
espellere fluidi
espellere scorie
perché soli
perché sí

nel frattempo
allacciare cintura
e stringhe pendule
abbottonare camicia
fino a gola stonante
nascondere singhiozzi
e mutande sporche

nel frattempo
spalmare creme
cosmetiche e lenitive
su anime cucú

nel frattempo
infiammare bengala
soffiare girandole
spegnere candele
accendere rètine

nel frattempo
accompagnare
stelle

nel frattempo
ammettere
zone di competenza
sopra e sotto il collo

nel frattempo
adagiarsi supini
braccia larghe
adoperarsi che qualche musica
possa decidere
di atterrare

nel frattempo
sapere grave
la gravità
tenersela buona
provare a lavorarla
quando si fida

nel frattempo
cancellare aggettivo grasso
da qualsiasi martedí a venire
o accoppiarlo a ogni lunedí

nel frattempo
non lasciare
buchi di conversazione
buchi nell'acqua
buchi
in
giro

nel frattempo
sopportare
vetri

nel frattempo
abbassare un'altra volta
il record personale
temere la tenuta
del cuore

nel frattempo
non sbagliare posata
portare boccone
ai denti
azzannare

nel frattempo
orientarsi
nella stanza
chiusa a chiave
dal buio
camminare forte
in tutte le stanze
non lasciando dormire
gli ospiti

nel frattempo
appuntarsi
che se ci si allontana a spinte
per un po'
ci si era avvicinati
ad abbracci

nel frattempo
accettare
meraviglia

il guscio rotto

in caso di male
hai chiesto cremazione
perché il male
smettesse di mangiare
noi siamo quelli
che hanno sibilato sí o no
a brochure di bare
non c'era bisogno
di fare pace tra noi
quando la cerea spianata frontale
confermava che le guerre
erano tutte inventate

ancora una volta
hai avuto troppo coraggio
ancora una volta
hai deciso tu
chiedendoci regali
per le infermiere
dei tuoi ultimi orgogli
e poi avviarti
i medici con le mani aperte
i mesi scivolati a terra
il guscio rotto

ancora una volta
hai avuto l'ultima parola
cercando di non sporcare
non suonando mai
il campanello del reparto
confessando alla suora

e bestemmiando fino in fondo
che non ti andava di morire
e poi zittirci che avevi sonno
proprio nel giorno della madonna

gli anni in cui eravamo distratti

non è ancora chiaro
se siano finiti del tutto
gli anni in cui eravamo distratti

non ci accorgevamo
che le nostre cellule sfinivano
e quelle nuove arrivavano
e quelle di nostro padre
andavano a male

negli ospedali camminavamo
dritti verso un letto
non giravamo mai lo sguardo
in corsia
sentivamo le canzoni
ci abituavamo alle peggiori
le ricantavamo forte
per non sentire
notizie davvero vere

come certi prestigiatori
ci infilavamo
lastre sottili di ferro
a dividere
la parte sopra l'ombelico
da quella sotto
e non diteci che non sapete
quale porgevamo
alle ragazze
e non diteci che non sapete
che la loro richiesta

non la ascoltavamo
con
precisa
distrazione
scelta

ai funerali
pensavamo ad altro
se ci andavamo
impegnati a rendere coerente
l'epitaffio
uno che se l'è cavata

fatti
di pezzi di uomo
messi insieme
con pazienza orefice
braccia e orecchie conserte
eclissi parziale di occhi
camminavamo sul filo
con in bocca il cucchiaio
sul cucchiaio l'uovo
sull'uovo il peso del cielo

la tasca destra dei calzoni

erano lí
sul tappetino
tra le ciabatte
e il crotalo stecchito
vicini a una macchia di vino
una volta rosso
sfiorati dal lembo del lenzuolo
macchiato a sua volta
di uomo e di donna
una volta rossi
sovrastati dalla radiosveglia
che si lascia scappare
note rosa pallido
una volta rosse
e dalla foto incorniciata
il cui soggetto
una volta

erano sotto
il peso dei sogni

sotto il peso
di una stampa di renoir
la lampadina fulminata
per sempre
un volume di p k dick
la lettera d'amore
che era riuscito a scrivere
a se stesso
melatonina in compresse
gli occhiali senza montatura

e senza lenti
senza stanghette
il congresso delle camicie usate

tutta roba che
pur essendo lí intorno
era sopra

erano lí
lí sotto
i motivi per cui
uno si dovrebbe alzare

si trattava
di riuscire
a chinarsi
raccoglierli
piegarli
infilarli nella tasca destra
dei calzoni sulla sedia

dare un'altra
piccola
veniale
delusione
alla morte

la bacchetta che indica le lettere piú piccole

te li cambiano
gli occhi del bambino
o ti lasciano
solo
gli occhiali
vicino ?

avviso per i non atei

il dentista ha lasciato
intenzione o no
lo stampo indurirsi
il padrone della bocca
è lí per vomitare
i suoi occhi da furbo al momento sono ex

il donatore di seme
medita fino al picco
indirizza l'ingresso
progetta l'uscita
tira il mondo un po' verso di sé

il custode del campo
ripassa la riga
con la carriola del gesso
ha aspettato che diluviasse
e che la luna fosse in pesci
non chiederà straordinari

il sollevatore di pesi
sul tavolo
dell'illusionista
aspetta levitazione

il tifoso di ciclismo
scrive sulla strada
vede
vuole
chi

il fantino allunga la mano
alla contrada rivale
i denari
sono piú di trenta

l'infermiere è appoggiato
al muro di fianco alla porta
cerca un respiro
prepara un sorriso
entra

la regista ordina
al figurante
un appuntamento
tutto compreso
al collo ha una piccola
pialla di platino
che tocca piú volte
al giorno

il rigiratore di pollici
all'improvviso
cambia senso

lui si tira vicino lei
bocca contro bocca
ruba respiro
un po' per mancanza di scelta
un po' per la prova del palloncino

all'incrocio
tra via saltini
e via cottafavi
due macchine
una dentro l'altra

l'uomo in piedi
insulta quello a terra
quello a terra
guarda le gambe
guarda le braccia
guarda l'uomo
guarda il gatto sull'albero
sorride

l'accalappianuvole
chiede notizie
sulle sue ferie arretrate

la barista della stazione di servizio
serve il cappuccino
al famoso calciatore cafone
tra il caffè e il latte
c'è il suo sputo

miriam ha un bruttissimo neo
ci sapranno dire
e speriamo bene
altroché

acqua per acqua

diremo che il mare
che si fa grosso
fa sempre e comunque
se stesso
la radio di bordo
passerà melodie
dal bordo
del pianeta battuto
il diario di bordo
lo terrà l'analfabeta
i macchinisti si faranno
l'ombra delle macchiniste
le storie di mare
verranno tutte riscritte
o quantomeno spinte
giú
dal vero

non conosciamo
i nomi dei mozzi
non conosciamo
le risorse della stiva
il timone è sempre roulette
quando si chiamerà terra
lo si farà
un po' sorpresi
un po' annoiati
acqua per acqua
fame per fame
osso per osso

ballata di b

b è tornato
è morto
ma si era sbagliato

ti vuole seduto di fronte
ti vuole vederlo da ponte
ti vuole sentire di corpo
ti vuole saltare lo sforzo
ti vuole schiumare le onde
ti vuole ridere in faccia al concetto di sponde
ti vuole imboccarti un goccio piú forte
ti vuole ridere in faccia al concetto di porte

aspetta che metti in accordo le corde
poi gioca col tempo per come lo intendi
ti mostra il labiale per chi non è sordo
ti mostra la cifra che ancora non spendi

ti chiede che cosa ne sai tu di sfere
se senti da lui una voce da alieno
se gli riconosci un viaggio lontano
che quello di adesso è il suono piú vero

ti dice che sei nella sala d'aspetto
fin quando non trovi ciò che c'è sotto
sotto le bombe
sotto la rogna
sotto i recuperi della vergogna
sotto il reticolo
di ogni dolore
la scelta storpia del male minore

sotto l'origine
dei mali finali
sotto abbaglianti penombre sessuali
sotto le parti
di certe farfalle
rimaste incastrate nel tergicristallo
sotto al deposito
della bottiglia
e anche al rifiuto
di un pezzo di pane
sotto alle balle
di una famiglia
sotto la coda
ruffiana del cane
sotto le ossa
che gàbbiano il petto
all'angolo ottico a cui sei costretto
ai futures
ai fondi d'investimento
al bacio bagnato del tradimento
a un crocefisso
a un dio seduto
preghiere richiamo richieste d'aiuto
al pio fanatismo
del benefattore
metafore spompe su luce e calore
al gesto studiato
dell'assassino
e di quello che pianta da vecchio l'ulivo
il fiato sul vetro
in maternità
e l'offensivo concetto di tenera età
e alle gomme perfette
delle macchine blu
passeggeri inchiodati si danno del tu
sotto i segni di sangue

dell'autoflagello
alle ferie in servizio
di una puttana
gemello che gode
per l'altro gemello
passaggi a livello
di certi nirvana

b ammette che è roba già detta
da chissà quanti che sono passati
forse anche loro morti sbagliati
perché non avevano tutta la fretta

ti vuole rialzarti col tempo che intendi
ti vuole rispondere al suo saluto
ti vuole guardarlo intanto che scendi
ti vuole parlare nei panni del muto

ti vuole provare soltanto a capire
nel caso anche tu
ti sbagliassi a morire

fino a prova contraria

non sono venuto
a rimettere la porta
sui cardini
a passare il grasso
con la pompetta
mentre fuori
non si sa
che campanello
pigiare

non sono venuto
a perdere tempo
dal rubinetto
né creta dalle unghie
né memoria dalle vene
né croste dalle ginocchia

non sono venuto
a dare le spalle
l'erba non ce la fa
a mettersi all'ombra
nel caso aspetta
uccelli arrivano
alle ciliegie
prima degli uomini
anche se mi tagli a metà
non trovi i cerchi
che raccontino
i miei anni

non sono venuto
a fare la coda
nel caso
ripasso

Due

cosa non mettere in valigia

hai fatto cosí tanta strada
per arrivare fino qui
ti è toccato partire bambina
la piccola valigia di cartone
ci tenevi i rossetti finti
il fracasso dell'erba che cresce
le confidenze del rivolo
l'incisione fucsia delle azalee
ci tenevi
un astuccio di gemme
e la chiave del cespuglio
gli occhi hanno preso
il colore del cielo
a forza di guardarlo
per una bambina che sapesse
già camminare
la radura era il piú sicuro dei box
ma anche il piú insidioso
poteva dirti all'orecchio
di tenere per te
parole come
si può fare a meno degli uomini

non si capisce perché il tempo
avrebbe dovuto fare sconti
proprio a te
e la valigia si è appesantita
delle scarpette da ballerina
imbrattate di pece
promessa sbugiardata
nel tempo di una rosa
poi qualche uomo

ha provato a prenderti
gli hai detto non è il caso
ti ha presa lo stesso
non ti sei fatta prendere
lo stesso
il suo problema
non era affare tuo
certo che anche questo è finito
in valigia
come poteva essere altrimenti?

la radura schiacciata
dal condominio
in casa finestre
sempre piú chiuse
il peso della valigia
ti allungava le braccia
formate ma non finite
hai provato a provare
l'anima che non restava accordata
hai detto perché no
a uomini che facevano a meno
della tua parte di spasso
le braccia reggevano meglio
la valigia piú pesante
sei andata nelle città

hai capito
che il tuo posto non era nei posti
era dove dicevi ecco
mentre di casa
non ce la facevi a dire
per esempio
il corpo rispondeva preciso
l'anima non si lasciava nemmeno
fare domande
hai tenuto la mano

di chi non ce la faceva a non morire
hai cambiato la fiducia
a chi doveva guarire da solo
hai passato informazioni
senza lesinare sulla voce
senza risparmiare le mani
la strada non finiva
la tua schiena ballava dritta
anche con le scarpe
chiuse nella valigia

hai fatto fatica a parlare davvero
non potevano credere
e allora hai parlato
per come volevano
perché anche essere gentile
è meglio di niente
ma le parole avanzate
hanno reso la valigia
quasi impossibile

hai fatto cosí tanta strada
per arrivare fino qui
ma adesso se vuoi
ti puoi sedere
di là c'è un bagno caldo
ti puoi sedere
di là c'è un frigo pieno
ti puoi sedere
mentre di qua
la apro io
la tua valigia
e ti mostro
che dentro
c'erano solo
un paio di farfalle
dure a morire

gente che tenta

perché tu come li spiegheresti
l'intervallo del trapezista
la fissa di leonardo
lo sberleffo della donna cannone
l'atleta con l'asta sopra l'asta
l'incertezza del deltaplano
e la pallonaggine della mongolfiera
come ti spieghi
i solitari di gagarin
la rassegnazione al paracadute
il giro della morte
il tutto e subito di lindbergh
e la fiducia di icaro
se non
andare a vedere
se dio
è in zona

come la dobbiamo prendere
la loro media tristezza
è perché non hanno visto?
o perché sí?

l'altro giorno
nella tratta milano-cancun
un passeggero
e una assistente di volo
chiusi nel bagno
virando sopra
i sospetti

e la coda fuori
hanno fatto
il loro
tentativo

la malizia del croupier

non c'è bisogno
di tutta questa las vegas
perché non venga mai notte
o perché sia sempre e solo notte
per fare
il giro del mondo dell'ovvio
inforcando occhiali da sole
da sera
e perdere
per girare il caleidoscopio
sposandosi al volo
e perdere
per farsi chiudere a chiave
dal primo deserto a tiro

non serve
tutta questa las vegas
per provare la fortuna
o farsi provare da lei
e pagare cosí poco l'alloggio
per saldare poi il conto
con altre scommesse
e perdere

non c'è bisogno
di lasciar fare
all'inverno
né all'inferno
di conservare le ceneri
o aprire il paracadute
sempre piú tardi

di mostrare a tutti
l'orecchio del toro
di sapere che il trucco c'è
e non volere sapere quale
cosí da fare in tempo
per lo spettacolo
del giorno dopo
e lasciare passare
bus di vecchiette
l'una via l'altra
a scommettersi la pensione
e comprarsi il passatempo
loro
che di tempo
ne hanno cosí poco

non c'è bisogno
di tutta questa las vegas
per sentire il ghiaccio
tintinnare ovunque
intimare il sette ai dadi
lasciare mance al croupier
alla cameriera
al barista
al sindaco
al presidente
e perdere

il silenzio dello scalpello

i pensieri cui siamo abituati
si abituano a noi
e la loro unica preoccupazione
è che il nostro prossimo amore
non sia tale
da cacciarli
ingrati come possiamo essere
di qua

le cartoline non inviate

se ne andranno i bambini
che sanno i cartoni animati
possibili
come quelli aggrappati
agli stipiti
il secondo giorno di scuola

se ne andranno i bambini
che sanno tutto in casa
e quelli che hanno già capito
e non l'avevano chiesto
se ne andranno

non resteranno nemmeno
quelli piú veloci dell'ultimo
aggiornamento di sistema
né quelli che proprio
non possono mangiare
i meravigliosi piatti
preparati
con l'amore preoccupato
l'amore appostato
l'amore quasi rassegnato

gli occhi rasenti terra
costretti a guardare in alto
vedere piú cielo

se ne andranno i bambini
che prendono l'angolo
per stare al centro

e quelli che corrono e cadono
e sotto c'era uno specchio
ancora tutto da rompere

non basterà
l'ipnosi delle cantilene

se ne andranno eccome
con le gambe muline
da dove sono bomber o stelle
da dove sono tutto
e l'abito fa il monaco
casomai

se ne andranno
lasciando il lieto fine
lí dov'è
cosa volete che facciano
se non andarsene

hanno lo zaino pronto
appena l'ostetrica li ha battuti
hanno progetti per cui
non hanno mai fatto domanda
hanno cattive informazioni

hanno fretta
cosí tanta fretta
tutta questa fretta
messagli addosso
come la maglietta azzurra
con la prepotenza che basta
per non rispondere con lo sguardo

fretta
di lasciare il posto

a quelli che vengono dopo
che già
non vedono
l'ora di andarsene

fretta
bestemmiata
già
al secondo
o terzo respiro
dopo che se ne saranno andati

lettere d'amore nel frigo

è uno come tanti
che ha le sue
lettere d'amore
nel frigo
e nello scomparto frutta
tiene la matrice
dei biglietti
per lo spettacolo del per sempre
se ne ha comprati tanti
è perché gli spettacoli
durano quel che durano
cosí compra altri biglietti
con sopra la scadenza

la regolazione è sul tre
e nel portauova
ci sono foto di donne
talmente diverse
da essere solo una
che nella foto saluta

nella ghiacciaia
ci sono
le sue unghie spezzate
e qualche filo di pullover
e qualche ricciolo di nylon
e una foto di arcobaleni gemelli
e musiche involontarie
e tazze mezze e mezze
e verso il fondo
ci sono
le voci del piacere cantato

nel ripiano sotto
ci sono i grafici
la parabola è sempre uguale
il picco è al via

cambia il frigo ogni due anni
prende modelli sempre migliori
ogni volta che lo apre
si mette la giacca e i guanti in pelle
ogni volta che lo chiude
se li toglie
e si sfrega le mani

voci che hanno fatto il tuo nome

tutte le voci
che hanno fatto il tuo nome

una era di castello di sabbia fradicia
una di foglie di vite
una era ordine di stelle
una usciva solo col microfono tenuto al collo
mentre le tenaglie scure
nella vetrinetta
non avevano l'impudenza
né la bugia di riflettere

e quella che si faceva largo tra le alghe
e quella falcidiata d'accento
e quelle che lo facevano solo al buio
c'era anche quella terra di siena

diciamolo non erano poche
quelle rimaste indietro
a farsi trascinare dal corpo
ma non scherzavano nemmeno
le voci separate in casa
almeno un paio volevano il tuo posto

quelle voci stonate
a fare il tuo nome
non c'era bisogno che avessero
le erre a posto
che si inventassero diminutivi
vezzeggiativi abbreviativi
era sempre il tuo nome

detto da una voce
coriacea di limone
o una tratteggiata
o una con la polpa di mitilo

quante urlavano perché
non sbagliassi orario
quante erano appello sovrappensiero

non c'era bisogno
di tutti quegli interrogativi
tutte le voci che hanno fatto il tuo nome
hanno sempre avuto
buoni motivi

chi sa baciarsi il mare

sale il livello dell'acqua
cresce la nostra artrosi
crescono in altezza
i pensieri pericolosi

il panico sposta le scelte
l'urgenza ha effetti contrari
si vede il ditale pieno
capace di sette mari

ma sale il livello dell'acqua
ecco cosa succede
scarpe di pelle morbida
sono di impaccio al piede

il primo effetto evidente
è che si rallenta il passo
c'è chi si pialla i ciottoli
per il rimbalzo del sasso

sale il livello ancora
si sente il cerchio al ginocchio
i passi alimentano onde
le nuvole gonfiano l'occhio

un attimo e siamo all'inguine
piú sotto non vedi niente
abisso di bestie possibili
nessuno si chiami assente

qui sale il livello dell'acqua
bisognerà fare qualcosa
che coi genitali a mollo
la gente si fa nervosa

ammetti un limite netto
non ti hanno fatto anfibio
tu coi tuoi gesti di nuoto
l'acqua col suo fastidio

e ora che stringe la morsa
attorno a ogni addome
porge problemi antipatici
blinda la digestione

problema figlia problema
ci si dovrà abituare
al livido tonfo subacqueo
dei battiti del cuore

vanno pinne e boccagli
e bombole di marca
chissà se c'è un altro prescelto
che si presenta con l'arca

e intanto l'acqua è salita
e ora chiude la gola
si dice che l'acqua e la vita
siano una cosa sola

vero come si salva
solo chi sa galleggiare
chi non si oppone all'onda
chi sa baciarsi il mare

vero come si salva
chi si è attrezzato bene
e sotto le proprie costole
tiene le scorte piene

vero come che l'acqua
non abbia niente in rima
ognuno è la propria isola
proprio com'era prima

ci si prova

ci si dimentica
il pettine
sul cranio calvo

ci si tira via
il muro
a vicenda

a vicenda
ci si strofina via
la ruggine

ci si passa
la prima pietra

ci si soffiano
gli occhi
col solito
fazzoletto

ci si strappa via
il morso
l'uno all'altro
tanto per allentare un po'
la corsa alle mandibole

ci si accorge
della necessità
delle necessità
di troppo

ci si abbina

ci si passano
lubrificanti reciproci
ridando futuro
agli ingranaggi surriscaldati

ci si imbarca

ci si tira su
l'ancora
a vicenda

a vicenda
ci si copia
il compito in classe
lo si consegna
uguale

ci si restituisce
la carne
scambiata
per poco
con poco

ci si imbatte

ci si alterna
alla guida
ai posti dietro
al posto del morto

ci si infiamma
senza cerini
senza zippo

ci si chiede
tanto

ci si prova

anche
a
vicenda

ballo nel luogo emotivo

questa è la parcella
per il ballo
nel luogo emotivo
dove
al sicuro
è un concetto
non rispondente

raccontami
dell'oro
del verde
del cobalto
dell'indaco anomalo d'aura
che non si imprimono
nella mia rètina
ma nella cera
che prova
a tenere le piume sí

dimmi il
presente prossimo
leggimelo
nei tessuti
ricordami
ogni ora e quaranta
che il corpo si porta
sempre un po' avanti
con il lavoro

informami sul mio
fuso orario

gemellami
al respiro primario
gestisci i tempi
degli svelamenti
dei segreti
mappe di orecchie e di piedi
fermezza di cambiamenti

provami la pressione
dimostramela
mentre sono qua
a non misurare chilometri
a non tenere minuti
a non considerare contorni
a non schivare l'amore

a distanza di sicurezza

non l'avevano trovato
steso a faccia giú
nel canale di scarico
per ditte fraudolente
incavo del braccio
vulcanato
nutrie curiose
a distanza di sicurezza
la tana del picchio
vuota
erba d'argine fatta da poco
dal contadino in servizio d'ordine
fioritura decisa
per abitudine o noncuranza
a piccole tragedie
di passaggio

non l'avevano trovato
mescolato alla macchina
accartocciata
attorno al platano
inopportuno
mentre il merlo femmina
a distanza di sicurezza
slacciava i cordoni alla terra
strappandone i vermi
allungati al limite

non era stato trovato
come un fermacarte
verde in cucina

l'osso di pollo
come un fermacarte
avorio in gola
zuccheriera a pezzi
lo scatto dei piccioni
dal davanzale
formiche
a distanza di sicurezza
trappola per topi
non ancora scattata
dietro la pattumiera

non era stato trovato
nel cassonetto
con il secondo
orrido sorriso alla gola
seconda bocca di sangue
un sorriso
che non ha presente
figuriamoci il futuro
il coltello nascosto
a distanza di sicurezza
mentre dalla finestra
due piani su
spifferi affilati
di luce bionda
e gemiti
di pornostar
a fine carriera

non l'avevano trovato
tanfante di carne fritta
sul seggiolino in tela
frustato dalla lotteria
del fulmine
la canna in carbonio

piegata
dalla tinca che non cede l'amo
pescigatto
a distanza di sicurezza

era il caso
di allacciarsi le scarpe
a distanza di sicurezza

Tre

liberi tutti

va bene dio
hai vinto tu
sei sempre il migliore
ora però
basta rimpiattino
giochiamo a qualcos'altro
vuoi?

un amore pronto a sudare

un amore che comincia d'estate
è un amore in salute

è orizzontale
seminudo
si abbina all'allegria di canzoni furbe
mentre qualcun altro
porta il cane
a pisciare
sul lungomare degli astronomi

tutto quel sudore
lo fa scivoloso
ma quando cade
sa ridere di sé

si toglie gli anni

tiene aperte tutte le finestre

informa il mondo

se il sole avesse
solo un po' di humour
gli riserverebbe l'occhiolino
del nonno al nipote sveglio

un amore che comincia d'estate
non ha paura
del cancro alla pelle
non ha paura

fa comodo anche agli altri
che possono cosí
chiamarlo stupido
fatuo passeggero virale
di basso profilo
di cattivo gusto
possono tenere gli specchi
dentro le federe marroni

quelli che si fingono
piú a favore
lasciano che si sappia
il loro compatire
mentre dicono
una vita ce l'abbiamo tutti

non è che gli abissi cambino

nemmeno l'idea di fortuna
né del suo contrario

fa solo prima a spogliarsi

toglie un po' di lavoro a san lorenzo

prende cura di sé
lasciandosi andare
alla barba che non si fa
al trucco che non si mette

un amore che comincia d'estate
si è perso la primavera
ma non lo si vedrà mai
pensare
all'autunno
imminente

false partenze

il cuore comincia fertile

poi lo si innaffia quando
ci si ricorda

e l'amo si incastra nel palato

e la prima linea delle assenze
guadagna metro su metro

e spore con la valigia pronta
si siedono ad aspettare
un vento qualsiasi

poi i denti dopo i denti da latte
si cariano

e le porte fuori dalla nostra camera
non ci fanno dormire

e le mosche sono piú veloci
di tutti i nostri schiaffi

e la tigna striscia

e il chiromante
ci dice quanto
la linea della vita
sia lunga
mai che dica
quanto
sia larga

e il cielo può
distare
altrimenti
a seconda

e la musica
ha un suo modo
di fermarsi

e piangere serve ad altro

poi succede che qualcuno
il proprio cuore
se lo strappi a mano
e lo serva nella ciotola ai cani
o lo ficchi nella macinatrice per burger
del locale in franchising
o ne disinneschi
il congegno a orologeria
o lo fissi con la molletta
contro i raggi della bici
o lo presti per il lancio
ai tiratori a piattello
o gli stringa una benda
attorno alla bocca

probabile che abbia sentito
che senza un cuore
l'infarto non viene

non fai l'orefice per caso

si svegliava ogni mattina
o almeno cosí gli sembrava
porgeva il latte alla moglie
ne riceveva il caffè
porgeva quattordici parole alla moglie
ne riceveva sei
porgeva la sua assenza alla moglie
ne riceveva altrettanta
alle 8 e 28
apriva il negozio per sé
alle 8 e 30
per il mondo
faceva quello che fa un orefice
cercava di non sbagliare un colpo

ai clienti si rivolgeva con parole precise
e voce precisa
ed emissione precisa
e tono preciso
e abito preciso
e capelli precisi
e denti
alle 13 precise chiudeva il negozio
la telefonata ai due figli
una alle 14 e 15
l'altra alle 14 e 25
precise
alle 14 e 35 era sul divano
alle 15 e 58 riapriva il negozio per sé
alle 16 per il mondo
cercava di non sbagliare un colpo

erano di preciso le 17 e 22
quando entrarono
i due rapinatori
avevano per la precisione 23 e 28 anni
quello di 28 aveva la pistola
che gli avevano venduto come precisa
dissero precise parole di circostanza
l'orefice estrasse la sua di pistola
e con due colpi precisi
seccò prima quello armato
e poi l'altro
cercava di non sbagliare un colpo

posò l'arma sul bancone vetrinetta
a dieci centimetri precisi
dal bordo

a certa gente
è meglio
non toccargliela
una precisione
cosí precisa

mosca d'autore

la mosca
che si posa
sulla tela
e la va a cambiare
sembra mandata da qualcuno
che ha deciso
di disturbare
il pittore
proprio lí
nel punto
d'illusione
d'eternità

il cammino sulla palla che ruzzola

anche se
mozart era alle radiografie
vincent ha forzato l'orizzonte
kafka ci ha specchiato da brutti
kerouac ci ha insegnato come abbuffarci
per poi scappare al momento del conto
anche se
chaplin ha reso enormi
le nostre sopracciglia
hendrix ci ha mostrato
le possibilità impossibili
dante ha fatto il riassunto
delle puntate rimanenti
anche se
stanlio e ollio si preoccupavano
del solletico
dylan si preoccupava
del piede di porco per l'anima
marilyn si preoccupava
che la guardassimo
anche se
sette sono le note
e migliaia le lune accese e cantate
e milioni le bussole sfasciate e cantate
e miliardi le domande ingorde di carne e cantate
e uno l'amore piovuto e cantato
in modi e modi

il cammino sulla palla
che ruzzola
spacca meno le gambe

sapendo che
le canzoni migliori
devono ancora
essere
tutte
cantate

multiproprietà

a francoforte
mentre il tassista turco
rospa l'ennesima
della giornata
e sette cani randagi
fanno cori tedeschi
il sole è uno

anche a san paolo
dove favole e lotterie
vengono ancora
perdonate
e delusioni
asportate col bisturi
il sole è uno

e a dublino
mentre i musicisti
presentano modelli
per le tasse
magri nella legge
il sole è sempre uno

e a salisburgo
e a memphis
dove un fantasma
è piú grosso degli altri
tanto per giustificare
le code ai cancelli
il sole è ancora uno

anche a nairobi
mentre il notaio
della storia
cerca l'applauso
ed evita passaggi
che dice non aiutano a capire
il sole resta uno

e poi a nuova delhi
un uomo salta
tra le religioni
stana passaggi comuni
restituisce tutto
e dice che
là sopra
il sole è uno

nonostante
le
vostre
dogane

brunch

adesso è lí
la mano sul tavolo
la forchetta piantata
nel dorso
a dividere meglio
l'indice dal medio

a tutte quelle facce
che non stanno piú insieme
sta dicendo
non volevo rovinarvi il brunch
dov'eravamo rimasti?

alla cameriera
d'un passo avanti
e un paio indietro
invece
scusa tesoro
pulisco io dopo

perde colore e chissà cosa dagli occhi
mentre pensa
guardandoli ora
che se era per sentirsi piú vivo
non ce n'era bisogno
arrivavano comunque secondi

appena prima
che i sensi vadano
si dice con sollievo
che in fondo questo

è lo stesso
enorme sasso
in cui bach
ha detto la sua

prima che il nome apparisse sul display

sono stato
il gatto che hai fatto roteare
per la coda
fino a lanciarlo
e mentre ero in aria
mi hai scagliato la pietra
che per te era tutto
meno che la prima
e con l'indulgenza
delle mani sui fianchi
hai permesso che cadessi
sulle mie zampe

se non ricordo male
sono stato la lucertola
trafitta a terra
dal tuo ago
scodinzolavo corpo e coda
finché ho dovuto scegliere
di lasciare la coda lí
a cavarsela da sola
in qualche modo
sei riuscita a farti
ringraziare da me

per un po' ero la rana
con in bocca il tuo compressore
mi hai gonfiato
fino a rendere inutili
le mie zampe
era impossibile

andare a fondo
ma ancora troppo poco
per galleggiare il cielo
eppure sembravi convinta
di migliorare il mondo
mentre mi dicevi
ecco i tuoi sorsi d'aria

nel mio cibo per cani
hai nascosto un petardo
con la miccia lunghissima
e una volta che l'ho ingoiato
lo hai acceso
ti ho chiesto
come andrà a finire
mi hai risposto
è piú forte di me

ti ho lasciato un biglietto
c'era scritto
è stato davvero bello
me ne hai lasciato uno
anche tu
e sopra c'era
nessuno
è
piú crudele
di te

tiro alla fune

la parte di carne
finita azzannata
s'è già rassegnata
il colpo di tacco già dato
l'obbedisco soffiato
socialmente inserita
nel corpo incontrato
e quella che resta nel piatto
ancora per qualche secondo
si sente resto del mondo

dieta personalizzata

assimilo l'aria scampata ai secoli
con la sua quota piú leggera
vento spedito nel tempo di semina
pezzo levato dalla scacchiera
nessun polmone fa magazzino
è regola minima del becchino
che prima o poi penserà per sé

assimilo il nervo scampato alle trappole
ora premiato di distensione
guardia eccessiva di passo di sagome
postura rigida del bastione
tutto il difendere non l'ha invecchiato
nemmeno gli schizzi del tarantolato
che deve fare da sé e per tre

assimilo l'acqua scampata alle nuvole
trabocco d'ipotesi come cammello
sgocciolo gratis dagli occhi dei gomiti
tracimo placido dal mio lavello
dovesse succedere che anneghi dentro
come la boa difettosa nel centro
sarei imputato soltanto mio

assimilo il trucco scampato al comico
come bastone da ultrapasseggio
scruto la logica essenza d'elastico
trucco diaframma controllo solfeggio
trucco da tossicodiscendente
trucco da specchio irriflettente
trucco da inabile a dire addio

Quattro

mio figlio che ce la fa

mio figlio sembra farcela
va giú di scarpetta
avido
sfoggio di sugo sparso
maniche zuppe
gomiti slittini
e il tovagliolo arreso su se stesso
tanto lo sa
che la vita
macchia la pelle

a chi gli dirà
mastica cento volte
esibirà il boccone
a chi gli dirà
assapora
grufolerà ridendo

l'allegria non ha prezzo
solo altri nomi
ogni tanto

nessuno può aprirgli
le mandibole
senza il suo consenso

gli abbiamo cambiato il pannolino noi
lo farà forse qualcun altro prima che se ne vada
durante il guado
potrebbe pure
non perdere un colpo
mio figlio che ce la fa

da questa parte del vetro

guarda la coincidenza
vivo in un posto
di turni di sole
e di luna

è qui
pensa la combinazione
che gli animali fanno figli su figli
e l'ombra degli uccelli è un attimo
sulla versione aggiornata
di te
che va fuori
ogni giorno

è qui che
cambiano le banconote
ma non l'intensità dell'elemosina

le donne
nessun bisogno del faro
traghettano
qualcuno di qua
mentre noi
ce ne stiamo
da questa parte del vetro
a lasciare
che facciano
loro

è qui che
la linea piú breve

tra
il punto a
e il punto b
tribola
di precarietà

è qui
tu guarda la coincidenza
che gli idealisti si spompano
vengono compatiti
ma ce la fanno

i belli vincono
ma tutti dicono
per poco

i terapisti chiedono
chi cura chi cura

e sotto
i percussionisti
sudano come bestie
dietro
qualche ritmo
scappato a storie e geografie

le sensitive soffrono le pene
dell'inverno
per quello che non sai
e i contadini strappano latte comunque
due volte al giorno
a mucche che se ne fregano
del nostro capodanno

i romanzieri contano
su qualche ripensamento
di dio

insomma sia chiaro
che è qui
che gli assassini pianificano
i bancari tradiscono le mogli
nella pausa pranzo
e i tossici che hanno deciso di non smettere
s'incontrano senza incontrarsi
alla bassa soglia
se ce n'è una

ed è sempre qui
che ci sono
meraviglia e accanimento
in un pollice opponibile
lí a sbandierare
fin troppo d'orgoglio
la distanza d'anima
dall'animale

l'accoppiamento delle lucciole
viene dopo la luce e il buio
che sanno fare

le rane non ce la fanno
a difendere le uova
dalla fame e dal dispetto
dei gamberi americani
che a loro volta
non ce la fanno a difendersi
dai ristoratori cinesi

è qui che
il capitano
in una stanza
a due passi dal porto

si compra
lo sgombro
dei genitali e del resto

che
le bandiere
sono
tutte
pretesti

gli attori fuori dal teatro
si imbattono in sipari
a cui non erano preparati
i fornai
tra lievito e vita sociale
hanno già scelto

uomini che amano uomini
alzano la scioltezza
e la prontezza delle battute
i macellai tengono le mogli
in terrazzo
ormai abituati alla carne fredda

capace che ci siano ancora
lenzuola imbrattate di sangue
la prima notte di nozze
e becchini con gli occhi rossi
all'ennesima bella ciao
della banda annoiata

è qui
che la vera differenza
è tutta nel modo in cui
ognuno
guarda il cielo

qui
da dentro
questa bizzarra
coincidenza

difesa a zona

sono piantato nel campo
uno schiocco di fucile
ogni tanto
una frusta di campagna
un capriccio del cielo
fanno scappare i passeri
dalle mie braccia tese
e ogni volta
è un piccolo tuffo
al cuore di paglia

la giostra della rotonda

la rossa alla guida
gesticola a nessuno
urla
espressioni azzeccate
scelte grazie al tempo
e al suo giro da sola
quello che avrebbe dovuto dire
appena un'ora fa

nella macchina dietro
l'assassino di sé
si rivolge all'unico angelo
da lí ammissibile
da qui invisibile
ti ho concesso troppa fiducia
sette secondi
e poi scusa

dall'alto della sua cabina
il camionista
se lo sfrega
alla faccia
di tutti quei rasoterra là sotto
alla faccia
della curva della rotonda
il cb a viva voce fuma

l'utilitaria di turno
è cabina di funivia
percorso obbligato
due sole fermate

capolinea capolinea
ma il bianco in difetto
negli occhi
e la vena in eccesso
sul collo del viaggiatore
fanno pensare
che ogni giorno
gli faccia fatica
tutta questa avventura

e puoi scommettere
che non sia un caso
il gomito fuori dal finestrino
del prossimo
strada e specchio
e strada e specchio
e strada e specchio

con tre soli tiri
quello dietro
si frigge l'intera canna
l'assolo del nuovo metallo
che frigge le casse
fa pensare che il chitarrista
nudo sotto l'impermeabile
abbia già scelto
a chi farlo vedere

la bionda che passa ora
ha pelle cosí cosí
e cosí tanta matita
ai bordi degli occhi
che per forza
ha molta matita negli occhi
cerca di nascondere
il segno della croce

non possiamo essere sicuri
ma sembra dire
fa che sia vero

a quella dopo
hanno da poco mostrato
un puntino che è già
cuore di figlio
non ci lascia capire
se abbia scelto
tra dono o guaio
sembrerebbe dono
ma il pensiero figlio
be' quello
ce lo concede
ed è
eccomi qua
sto girando in due

nella giostra della rotonda
alcuni non prendono mai l'uscita
si lasciano girare la testa

potremmo andare avanti un bel po'
ma non vorremmo
distrarvi troppo
dalla guida
né noi dalla nostra

il fiume dalla cannuccia

ricordo le secche
entrate senza preavviso
piedi cosí teneri
tèndini cosí nuovi
tiravo la barca
la cima da spalla alla prora
la puzza di fiume in vacanza
è puzza di utero morto
il legno del sole corretto
è legno che sceglie la botta
la barca lasciata alla sabbia
è barca che scuote il timone
come si scuote la testa

sei tu quella che succhiava
il fiume dalla cannuccia

la barca non l'ho lasciata
conosco la storia di giuda
e un po' di storia mia
e un po' di legenda d'atlante
tu non mi hai chiesto come
certo che hai fatto bene
perché anche la tua faccia
si mette di meridiana
e gli anni piazzati di costa
ti fiaccano la paura
vorrei che capissi che ora
non c'entrano le vendette
c'entrano le mie schiume
c'entrano le tue nuove secche

lama di quindici

di quanto tempo si dispone
per riconoscere un amore
che sa di eventuale?
cosí
giusto per sapere
se sia meglio l'amore
o i tentativi prima

questo
proprio questo
pensava la ragazza francese
nata comunque
nella nebbia nostra
e da quella nebbia piegata
un po' prima
delle scadenze dovute

la linea della fortuna
nella mano
scavata
con una lama di quindici

viveva dormiva cucinava
in una casa un letto
e con un fornello
non suoi
riempiva e poi lavava bicchieri
non suoi
in un locale
non suo
stava sotto e a volte sopra

qualche corpo
non suo
e non pretendeva attenzioni
che non potessero essere
loro
aveva addosso un maglione largo
non suo
semplicemente rimasto lí
mentre guardava
dalla finestra
il traffico sotto
indovinando quasi sempre
la prossima macchina

chissà se qualcuna di quelle bugie
non fosse finalmente sua
mentre c'era bisogno di ritinteggiare
lo spazio tra il calendario e la porta
nella vita probabilmente sua

io pollo e due cani

il cane poteva
essere cagna
non ero attento
stava trafficando
ai piedi di una panchina
non ero attento
arrivò il cane piú grosso
ad annusare dietro
diventai attento

poi quello gli si fece sopra
dissi anche a pollo
di farsi attento
io pollo e il cane grosso
eravamo tutti attenti
tutti tranne il cane sotto
intento a vivere dal naso
finché quello sopra
gli affondò i denti nel collo
e lo alzò da terra
e con la testa al cielo
cominciò a sbandierarlo

il piccolo guaiva per niente
il grande sopraffaceva da grande
pollo diceva ohpperò
io provai con un urlo
il cane allentò la testa
ma non la stretta dei denti
esibiti a ricordarmi
di farmi i miei

pollo gli andò incontro
sventolando un bastone
il cane grosso arretrò
solo di poco

con l'altro in bocca
già muto
ci guardò
sbandierò ancora
la sua preda
poi se ne scappò
a finirla
in posti piú
rispettosi

pollo li guardò allontanarsi
poi disse a domani

i giardini non si erano allargati
sulle panchine niente piú guano del solito
la temperatura abbassata di un niente
la strada per casa sempre novecento passi
solo
non avrei permesso
a nessuno
di vedere i miei denti da latte
dondolare
cosí tanto

pic nic fuori tempo

poteva andare peggio
in fondo abbiamo
sette volte gli anni del cane
possiamo sgominare l'incertezza
dei bracci delle bilance
stanando segreti
da dentro le donne
possiamo dare
un'occhiata alla vita
oppure addormentarci
a riposare occhi
che non ce la fanno

ma voi
non ci provate
furbacchioni
è troppo facile
suggerire la morte

abbiamo possibilità decorative
per la nostra
fame e sete
e riproduzione
e sopravvivenza
mettiamo sostegni
alla vigna
in attesa di mettere
i nostri
la ricerca del senso
è un'esecuzione
solo per sentenze
autoinflitte

però
non ci convincete
vecchie lenze
è troppo a portata di mano
suggerire la morte

facciamo pic nic
fuori tempo
solo perché
il resto è nel tempo
abbiamo esperienza
di trappole
che per esperienza
mettiamo
e con esperienza
dimentichiamo
per l'esperienza
di finirci dentro
ci ostiniamo
a dire che il nemico
è dappertutto
e certo che è cosí
visto che
non
è
fuori

e comunque
non è che qui
le pillole si abbinano allo zucchero

per cui non insistete
animelle sante
non ci vuole poi
tutto questo talento
per il dolore

il ragno ha preso casa

non è che
ci si lascia
solo quando piove
accetta questo sole
lascialo fare

ora che
è di troppo
il bisogno di sapere
i posti in cui decide
di perdersi l'amore

la conta
delle colpe
non somma la ragione
inutile provare
a dire chi è piú uguale

la conta
di ogni furto
non porta la galera
la riga non è chiara
chi dava chi prendeva

la conta
degli impegni
piú e meno mantenuti
l'amore non è solo
che bravi siamo stati

la conta
delle ore
messe sopra il piatto
e la bilancia piega
chi prezzerà il baratto?

la conta
delle tele
che nessuno ha tolto
il ragno ha preso casa
e non è piú morto

non è che
si disegna
la linea dell'amore
tracciamo questo errore
ora possiamo andare

titolo familiare

all'angolo sinistro signori
il campione generatore
ha baciato il tappeto
volte e volte
messe a tacere
il suo record personale
induce sorrisi di spalle

all'angolo destro signori
lo sfidante generato
dovrà baciare il tappeto
anche lui
da muto
forza?
per forza
palestra?
insomma

in palio
il titolo
di campione
della donna
tradita
e da tradire

l'incontro
casuale o no
durerà fino
alla capitolazione
del primo
a dire
ti voglio bene

terraferma

è l'ennesimo giro del faro
il lavoro d'esser leggero

Cinque

ce lo vedi mick jagger morire a ventisette anni?

hemingway e cobain
le hanno sparato contro
da vicino
canne lunghe
calibro grosso
un colpo solo
sicuri di essere sicuri

anche vincent
le ha sparato contro
da vicino
ma il suo polso
ci doveva pensare
l'ha mancata
di poco
per poco

socrate
l'ha avvelenata
mentre forse
era distratta
o mentre il suo assaggiatore
non era in zona

morrison e hendrix
hanno provato
a mollarle il guinzaglio
sapevano
che avrebbe potuto perdersi
avrebbe potuto assottigliarsi
mentre si allargava a macchia

avrebbe potuto
cadere sfinita

marilyn o chi per lei
la voleva mettere
a dormire
ormai incurante
della qualità
dei sogni

dylan thomas
voleva
brindare
e brindare
e brindare
con lei
alla di lei
salute

elvis
le ha infilato
in bocca un imbuto
e poi
nell'imbuto
tutto

mishima
pensava giusto
affettarla
nessuna ombra
sulla lama
nessuna impronta
peccato solo
il disordine
del sangue

james dean
la voleva superare
era già
da un po'
che teneva
la freccia
fuori

jeff buckley
intendeva restituirla
all'acqua
del fiume
che la portasse
al mare
che la esponesse
al sole
che la rendesse
nuvola
ma leggera

qualche altro miliardo
di umani
le ha garantito
vitto e alloggio

a nessuno di questi
puoi dire
che la sua disperazione
è di serie b
solo
perché
meno
famosa

educazione fisica

l'insegnante d'educazione fisica
insegnava a tempo pieno

la mattina raddrizzava gobbe
al mondo

voce grassa
di eco di palestra

spuma morbida
di spogliatoio
femminile

sigarette
fatte mettere via

giustificazioni ormonali

i corpi negati
i corpi approvati
scrutati
lavorati

ora
nel mattino
del pomeriggio
teneva dentro
la prima volta
del secondo cliente

la cimice assurda
ronzava

senza un progetto
volava
se la schiacciavi
puzzava

la sveglia
spingeva

un comodino con su due biglietti da cinquanta
una sedia con sopra due vestiti
un letto con sopra due

la donna
non diceva
unoduetrequattro
ma altro
che suonava
e significava
uguale

ci si lavava
fuori

il ragazzo
andava prima
al racconto
agli amici
poi al passaggio a livello

quello dopo
aspettava in salotto
come si aspetta dal dottore

l'insegnante di educazione fisica
di là
non faceva che aspettare

insegnare e aspettare
e insegnare
e

l'appartamento
era al piano cinque
del condominio del cipresso

il quartiere era campomarte

la città era dondola

il pianeta
piú
o
meno
questo

lezione di ballo numero quattro

tenere i passi
a gruppi di otto

aprire aprire aprire

sciogliere medicine
fuori e dentro

arrotondare sempre per eccesso
deviare il corso del fosso

tacco punta tacco punta
pianta

festeggiare salute
ringraziare
fingere solo
d'improvvisare

evitare
complicazioni
interne

accudire giardino
accudire gengive
accudire terzo occhio
abito di scena
animali domestici
e da cortile

prendere poco
alla lettera
tutti i salti mortali

alleggerire carico

munirsi di effetti
quantomeno speciali

imboccare finestra
agli insetti
in camera da letto

capitalizzare vertebre

chiedere licenze
fino a quando
non si possa
firmare licenze

ammettere similitudini

nascondere lo sforzo
sudare dentro

fare riscaldamento
e fare riscaldamento
e poi fare riscaldamento
e non stancarsi di fare riscaldamento
ma prima o poi ballare

accettare conseguenze
di qualsiasi distrazione

condividere
il comune
concetto
di superfluo

puntare alla prima fila
prendere posto là dietro

sporcare poco
quando si muore

l'anno tagliato a metà

era una mattina di giugno
con un sole di giugno
quindi di giugno erano le ombre
non calpestabili
per rispetto

c'era del giugno anche
sui diari girati
e attorno alle madri
partite per il mare
che a giugno
fa cosí bene ai bambini
e a loro
che conoscono i bagnini

era cosí giugno
che lo vedevi l'anno
nel pieno della sua metà

le ragazzine
su tacchi ballerini
a sfoggiare
di sfilata trionfante
gli sforzi di marzo e aprile e maggio
e qualche maschietto
a camuffare
il segreto cosmetico
e quello del girovita

era giugno anche
nei gomiti fuori di chi guidava

nella decisione del cielo
nelle lucciole che la sera
al contrario dei fari
con semplici colpi di luce
chiamavano l'amore

nell'abbassamento
della qualità delle melodie
per l'aumento di medie allegrie
nella promessa
di un numero di ore di luce
finalmente adeguato

e in tutto questo giugno
stava pensando
che il problema
non era solo trovarla
ma anche non farsi schiacciare
da cento miliardi di galassie
mentre un suo vicino
salutando qualcuno
perso solo due anni prima
aveva il coraggio di dire
ridendo
che il mondo
era piccolo

i vestiti sulla sedia

non seppe resistere
quando lei disse
sono separata da otto mesi
gli toccò dirle
sei sempre stata separata
aprirono le scommesse
sulla durata del loro
andarsi bene
in genere gli ottimisti
non vincono spesso
vincono tanto

valutazioni dell'usato

con la sua bmw
di seconda mano
arrivò a un bar
di seconda mano
dove avventori
di seconda mano
facevano battute
di seconda mano
e ordinazioni
non da meno
né da di piú

sul tavolino
di seconda mano
c'era il bicchiere
chissà da chi
usato prima
e quindi
di seconda mano
e sul fondo di quello
un dito orizzontale
di liquore
di seconda

i quotidiani letti
non sono piú
di prima
la barista
porgeva un prego
di seconda mano
e a dirla tutta

anche l'orologio a muro
segnava tempo
di seconda mano
nonostante
pensava lui
non ci fosse mai stato prima
un tredicesimo minuto
della ventitreesima ora
del quattordicesimo giorno
del quarto mese
del duemilaquattresimo anno
dc

sulla specchiera
dietro le bottiglie
notava una vita
di seconda mano

quando fu l'ora di pagare
gli venne da pensare
che può essere sempre
l'ora di pagare

pernacchie alla terra

non dire che non hai visto
il letto di ragnatela
ti han detto che per una mela
mangiata al terzo insisto

hai preso il verme immondo
in mondo l'hai iniettato
il mondo all'istante bacato
passava di colpo secondo

che fossero buoni i bocconi
almeno l'abbiamo pensato
il giorno che hanno inventato
il giorno delle tentazioni

tentare hanno detto non nuoce
l'ha scritto un signore ottimista
che forse la mela l'ha vista
che forse nel forno la cuoce

la mela la mangi e poi passa
non resta il sapere promesso
e quanto al sapore permesso
la bocca poteva esser grassa

non dire che non hai notato
l'amaca di ragnatela
chi era che alzava la vela
col diario di bordo aggiornato

chi era che voleva il vuoto
facendo pernacchie alla terra

facendosi sempre la guerra
per dare del lei all'ignoto

e poi andava a punto di sponda
lasciando a bocciare i peggiori
calmandosi nuovi dolori
sputando la schiuma dell'onda

dicendo l'abisso è fatica
se vuoi te ne mostro una parte
tenendo coperte le carte
la storia è sia nuova che antica

chi ritinteggia i bersagli
spostandoli senza volere
spostandoli senza piacere
stuccando la prova che sbagli

non dire che non ti sei accorto
dell'angolo di ragnatela
che il ragno comunque non c'era
che vivere ti tiene assorto

le gocce dal tuo lavandino
la presa per la corrente
non prende quasi piú niente
l'aceto una volta era vino

la macchia si allarga sul muro
il peso condanna la pigna
la terra che sputa la vigna
lo spigolo è sempre piú duro

verso chi punti il fucile
che adesso non c'è la sicura
mostrandoci la tua paura
e i colpi al cerchio e al barile

dicendo che non hai piú scampo
in mezzo alla tua ragnatela
che tu sia piú ragno o piú preda
sei quello che ha le otto zampe

meno male che non siamo gatti

papille che sfregano
meno male che non siamo gatti
con la punta della lingua
senti la parte dolce
ai lati il salato
in mezzo l’acido

come a escludere il mondo
in realtà restituendo qualcosa
con tutti quelli che rigirano la testa
non vogliono vedere
non vogliono ripensarci
ora che la pietra l’hanno posata
proprio sopra
umanamente sbagliando
la propria valutazione
tutte le pietre si possono spostare

strette di mano
guarda chi si vede
cercavo proprio te
nascosta sotto quelle costole

la femmina si sporge
definita
niente discussioni
dalle porte
degli occhi
che dimentichi aperte

chiariscimi le idee
che si vede
che sono scure

eccoti il mio specchio
eccomi il tuo
viene da pregare
chi ci ha dato tutte queste differenze
cosí uguali

è dall'inizio che te lo dicono

cammina dritto
l'ombelico è orfano
da prima che ricordi
la presa del cielo è scelta tua
non c'è attico che abbassi
non c'è pavè che alzi
puoi non essere da meno

cosa c'è di male
a camminare rasente ai muri
c'è di peggio
per esempio ci sono i muri

cammina dritto
padre e madre c'entrano
c'entrano gli strattoni
che ha sempre preso
il tuo nome
c'entra la schiuma dell'onda
su cui il tuo nome
era da imprimere
con quelle parentesi
marchiate a fuoco

ma tu cammina dritto
una schiena la devi comunque porgere
alle minacce della strada fatta
e a tutti gli assalti comodi
certo puoi camminare girato
e sbattere contro
i tavolini lasciati a marcire

sulla via a venire
oppure fermarti
e fissare le due parti
non evitando niente
aspettando solo
il migliore dei mali

fai una cosa
cammina dritto
prima il tallone
poi il resto
che ogni passo sia passo
esibisci l'incollatura
del due per cento
che diamo
allo scimpanzè
lascia l'impronta naturale
calpesta la buccia
calpesta le foglie
non puoi fare niente per loro
puoi camminare dritto
i testicoli che ciondolavano
o gli ovuli che chiamano
l'aria è di tutti
l'acqua vedremo

dài
cammina dritto
lascia alle gambe
il proprio scopo
che sarebbe poi quello
di dartene uno

il pennarello indelebile nel taschino

ci sono diverse
questioni irrisolte
rispetto alle scritte
nei cessi

a re

il pedone una casella sola
copertura
copertura
copertura

l'alfiere taglia
verso il suo sacrificio
si ferma
dove c'è scritto
io sono la mia legge

il cavallo si muove
solo con le mie iniziali
salta gli altri
l'avena che serve
né piú né meno
il maniscalco è di fiducia

la torre tende
alla propria natura
se ne esce dall'angolo
solo se necessario
ma l'arrocco è sempre lí
manutenzione delle stanze
pattugliamento tra i merli
strategie d'avvistamento

la regina
ha studiato portamento
lo strascico pulisce certe caselle
mangia con grazia

e guai a chi dubita
che certe femmine d'insetto
possano insegnare
le migliori maestre
le migliori ostetriche
le migliori estetiste
le migliori sensitive
non ha scuse
non le servono

del re
proprio non ne parliamo

sicuro che la morte vince
ma
qui
la pagnotta
se
la
dovrà
sudare

Sei

oggi domani ancora

ogni giorno è buono
per il lancio
della prima pietra

per mettere le candeline
sull'antidolorifico
tagliarlo in otto fette
accendere le candeline
spegnere le candeline
cantare tanti auguri a me

per farsi passare
la leva comica
con cui sollevare il mondo
nel suo dopolavoro

ogni giorno è buono
per andare avanti
a scegliere
di camminare eretti

e passare
la striglia
dentro

e mordere la mano
ficcanaso
del dentista

per cercare la scossa
restando al di qua
della fase letale

ogni giorno è buono
per f
che ha un soffio al cuore
allineato
agli spifferi
della galassia

buono
per non trattenere
la musica messa via
da certe orecchie
per non trattenere
certa anima
da certi occhi
per non trattenere
il seme
da certi sogni

ogni giorno è buono
per accettare i sali
dell'allenatore
rimasto in pena
per tutta l'ultima ripresa

ogni giorno è buono
a essere buoni
con lui

medaglia al valore

sacchetti di sabbia
in cucina
non ce la siamo sentita
di essere moderni
i tuoi attacchi
non sono chirurgici
per le mie vittime
nemmeno un contributo
al funerale
e io che ti avevo chiesto
di stirarmi la bandiera bianca

seduti sulle barche rovesciate

agli angoli minimi dell'impero
passano senza passare
elemosine d'approvazione
sussurri all'orecchio di rassegnazione
progetti di docce interne
cimiteri affollati sotto e sopra
ipotesi di angeli senza copertura di rete
corteo di carri in ritardo di carnevale
paresi a bocche arcuate pancia in giú
separazioni di mari
rossi neri e ocra

agli angoli minimi dell'impero
ai bordi del lago salato
c'è ancora la coltura di lacrime
piante dentro
buone per innaffiare
piante
che si sperano
il dosaggio per il cocktail
sembra casuale
il mal di denti no
la magistratura impone
totale riserbo
sulle indagini
corpi diplomatici
mescolati a corpi
che non lo sono

agli angoli minimi dell'impero
ai lati delle corsie

creature di nascita corta
dal futuro corto
fanno battute sul loro pettinarsi
il cranio calvo
al benefattore dei cinque minuti
omar il vecchio
aspetta la fine del mercato
non è mai successo
che gli mettessero in mano
la stessa verdura
che avrebbero comunque buttato

agli angoli minimi dell'impero
la prognosi è riservata
arrivano solo foto
di cosmesi al futuro
il cavallo che dà retta al fantino
conosce l'avena migliore
il fantino che sa perdere
conosce le auto migliori
gli spettacoli pirotecnici
sono tutti su prenotazione
piromani progettano
il percorso a tappe
fino alla propria accensione
alcuni irriducibili
non interferiscono
con l'orbita del pianeta

agli angoli minimi dell'impero
in sospensione di pena
ma non
in sospensione di giudizio
seduti sulle barche
rovesciate
ci sono

tutti questi
colpevoli
di mancata innocenza
dal via

disegni sui finestrini appannati

era seduto
sul bordo
delle nuove
colonne d'ercole

guardava giú

faceva pensieri
sull'incapacità
dell'amore
di starsene fermo
almeno nella gente

guardava in basso

contava i giorni
alla vacanza della fortuna

guardava sotto

era un po'
che nessuno gli diceva
alla prossima

pensava
non ho niente da perdere
a parte
seimilaventiquattro copule
sei campionati da vincere
figli perché no
ottocentodiciotto abboccamenti di pesce

millequattrocentoquattordici attraversamenti di soglie
senza passare le scarpe
sullo zerbino
interni umani
centinaia di accensioni
di camini
altre immersioni
accartocciamenti umani
altri scivolamenti guidati
un numero a sorpresa
di sorprese
valige con il prezzo attaccato
resistenze umane
giostre sicure
l'alcol sciacquato sulla carie
e poi ingoiato
esterni umani
tutto lo stupefacente catalogo della natura
tutti gli incredibili scherzi della natura
che non scherza mai
qualche decina di migliaia
di ulteriori attentati
al cuore
e disegni sui finestrini appannati

avevamo diritto a tutto

era alle venti e quarantasei
di un certo venerdí
oppure alle tredici e undici
di un lunedí o di un sabato
comunque era per pranzo
o per cena
mi sembra per cena

era lí che abbiamo deposto le armi
e alzato le braccia
senza un solo respiro di vergogna
aprendo le finestre
per lasciare l'aria al suo lavoro

una mosca si è seduta
sul tuo gomito sinistro
l'abbiamo lasciata lí
ci siamo fidati dei cunicoli
dietro l'iride
era buio
o faceva ancora luce
tutt'e due mi sembra

avevi una maglietta amaranto
o forse pervinca
mi sembra amaranto
so che ti stava bene
avevi i tuoi capelli
e i tuoi occhi
so che ti stavano bene

le sedie stavano cedendo
al nostro peso
non un etto di grasso in piú
ti lasciavo rovistare tra i miei odori
a un paio di metri da me

avevamo diritto alle sedie
al posto
ai nostri nomi
avevamo diritto a tutto

una lucertola o un pettirosso
stava guizzando ai tuoi piedi
o saltellando sul tavolino di fianco
mi sembra una lucertola
era lí
mentre il sole era a picco
o la luna stava salendo
mi sembra la luna
era lí dicevo
che si è capito
che un incidente di anime
non è mai
incidentale

era per cena

parti danneggiate dentro

i salotti scoppiano d'ombra
stanno facendo turni in tintoria
finestre in placida crisi d'asma
feritoie appena sotto i merli
e di frigo aperti
cortili annusati da bastardi ora tranquilli
al tavolino due del pub risiko
qualcuno fissa da quattro ore
un monitor con l'audio a zero
per incrociare la gentilezza
della cameriera appena può
lo schermo gli adagia
un po' di luce ballerina
sulle spalle
lí dove porta il mondo
sia chiaro che non è
la notte a barcollare

esalazioni concordate sottobanco
rapaci su cavi capaci
di luce
stanno facendo turni
alla fabbrica di poliestere
lampeggianti monotòno monotoni
granelli di sabbia posati
su letti d'ostrica
rospi fuori misura
non ce l'hanno fatta
ad attraversare la strada
urla di neo madri accompagnano
la nascita delle rivoluzioni

quando rivoluzione
è una delle parole piú evitate
nel duemilaesei
stanno facendo turni
al pronto soccorso
il tipo del turno
al casello di carpi
tiene in vita
la sua stanchezza
sia chiaro che non è
la luna a traballare

tentativi cosmetici
di salto del calendario
giacciono su facce fredde
pusher d'alto bordo
garantiscono consegne a domicilio
stanno facendo turni
in viale montegrappa
fuochi fatui
macchine ferme
piene due a due
disperati last minute
sbagliano mosse facili
cinema estivi sbaraccati
parti danneggiate
dentro
pallidi palliativi telematici
il tizio da lí
sui tetti
pensa di pregare
piú vicino
sia chiaro che non sono
i confini della città
l'orlo dei precipizi

e nel frattempo
in via pio la torre
c'è una che fa troppo a meno di te
con troppa facilità
e sotto sotto
ti viene da pensare
che quella ragazza
abbia buon gusto

vita di prua

scusami marzio
se ti sono antipatico
ma i tuoi ottant'anni
non sono colpa mia

mi parli di notti
che sanno di favole
fai tutte le gare
senza allegria

fai tutte le gare
partendo alla pari
nessuna promessa
a nessuna giuria

fai tutte le gare
con qualsiasi tempo
da secolo a secolo
senza aritmia

se ti offro un vantaggio
respiri profondo
m'infami con qualche
mia patologia

poi metti le scarpe
poi metti te stesso
un bel po' dietro
la riga del via

hai già ordinato
il tuo epitaffio

prese comunque
la vita di prua

inutile dirmi
che io sarò merda
non so se ci arrivo
all'età tua

ripeti a disgusto
è proprio incredibile
che non ci sia
uomo di boa

scusami marzio
se ti sono antipatico
mentre non scarichi
la tua batteria

ohh ohh

bella l'idea
dei telefoni
che vibrano
come se
ogni volta
potesse valerne
la pena

provvisorio

le ultime parole famose
furono
per sempre

quelle che vennero dopo
furono meno famose
e soprattutto
meno ultime

ci fu da accettare
l'insidia
del ferro da stiro

la stanchezza
della sera
aveva sempre
lavorato contro
con passo
paziente e instancabile

gli scricchiolii della carne
al sicuro nel loro mistero
con mistero li toglievano
dal loro essere al sicuro

i bracci della bilancia
ballavano
facendoli lavorare
prima con gusto
poi con determinazione
quindi con fatica
e infine di fiele

la verità è che il lavoro
all'amore non basta
dissero
sperando di aver pronunciato
nuove
ultime parole famose

traslochi

quando mi sposto
lo faccio
con tutti i crocefissi
i chiodi che passano
mani e piedi
non miei
straccetti di pudore
corone porcospine
afflizioni che dicono
necessarie

quando mi sposto
è come un trasloco
una bilancia per il bene
e una per il male
la colpa di darsi colpa
e tutte le colpe suggerite
e tutte le guance non porte
abbastanza

quando mi sposto
ho bisogno di posto
tutto quello che non ho fatto
figlierà eccome
viste le richieste
la grata del mio confessionale
ha trame strette
tanto lo so
chi c'è di là
se dò un'occhiata
tre piani sotto

non ci sono piú
i ragazzini a calciare
la testa della bambola
se dò un'occhiata dietro
ci sono ancora
le stanze in cui l'anima
veniva intubata
se appoggio l'orecchio
al culo del bicchiere
e quindi al vento
origlio
e mi lascio origliare

quando mi sposto
mi sposto
perché lasciarle lí
tutte quelle illusioni
a volte la mia macchina
è parcheggiata
col muso a sud
altre a est
non basta per pensare
che stia facendo
tutti i tentativi

vengo via solo
di peso lordo

per forza
uno
non
vola

un bell'applauso

e ora
signore e signori
accogliamo
con un bell'applauso
questo
adagio
di luce
collosa
luce scura
luce disciplinata
a lasciare il passo
e a non cederlo
fino al momento
quasi giusto
un bell'applauso
a questo lusso
di colore
al conio
e al coniatore
a questo dito
nell'occhio
e nella piaga
un bell'applauso
a questa geometria
naturale
a questa velocità
di esecuzione
e ora
siete pregati
di non lamentarvi
con le solite frasi

per cui ogni tramonto
è uno spettacolo triste
mentre guadagnate
l'uscita
che vi siete guadagnati
verso il buio

Sette

corsi di nuoto

è cosí facile il mare
per noi che siamo a riva
e ci è dato respirare
e ammettere gli orizzonti
e il limite dei piedi
e ci è dato apprestarci
a tutte le restituzioni del cuore

al nostro meglio
lo teniamo sotto
apparecchiando reti e nasse
e scandagli sempre aggiornati

parliamo di benevolenza
quando tutta la terra si è nascosta
e la sua combinazione
con le correnti
ci sembra una conquista
accettabile

certo che
indossiamo le bombole
ma solo perché servono
anche quelli
che si illudono
di toccare con mano

è cosi facile il mare
nelle rime
a rivendicare affinità
e punti di vista

che non hanno mai
il fegato di affondare

volevamo essere pronti
abbiamo parlato con i pescatori
loro che il mare se lo sono
sempre mangiato
certi segreti
non hanno cambiato le cose

volevamo essere pronti
abbiamo parlato con i marinai
loro che ogni volta
se lo devono togliere di mezzo

mi sa che ci hanno rivelato
solo
quelli di serie b

lascia che ti spacchi gli occhiali

e che me ne vada
mentre ti costringi
ai tentoni
e rispetti gli spigoli
e consideri i lividi
e tutto è corsia d'emergenza
e la punta dei piedi
avventura

per chi non tasta
o non tasta meglio
sarà sempre
e comunque
trifoglio

lascia che ti spacchi
gli occhiali
che con il tacco
ti sbricioli
la lente
con lenta
misurata
crudeltà generosa
e non avere fretta
a ringraziarmi
lo farai
piano piano
non appena
riuscirai
a vedermi

l'amore con te che sanguini

l'amore con te che sanguini
la gomma che non cancella
il puntaspilli pieno

l'amore con te che sanguini
condizione di sordo
amore a peso lordo

nega al calendario
la risata dei suoi giochetti
questo sberleffo
a pegno di donna

l'amore con te che sanguini
nuvole messe sotto carica
col traffico rivolto
a darsi animo
o anima
non è chiaro
granché

i tuoi argini possono
quel che possono
l'acqua di novembre
inzuppa i cuori
ancora capaci
del lusso
di non essere
impermeabili

è assedio al cuore
e non c'è cuore
che non venga
preso per fame

per forza quando è ora
sbraniamo

a quanto pare mia madre non dovrebbe avermi abortito

vinco le parole al fiato
lacero le fibre necessarie
sanguino il sanguinabile
giro il cannocchiale
verso di me
non compro nessuna
macchina usata
da quel tizio
la macchina usata
ce l'ho già
infilo il mare
ne vengo sputato
cedo la ragione al vento
dò forma alla strada
con l'ombra del machete
dò forma alla mia ombra
col gesso
conosco il muschio
senza fargli conoscere me
conosco il bordo del mondo
per sentito dire
non mi lascio
minacciare nel futuro
inalo il monte rosa
scalcio
giro le trottole
conservo la soglia del dolore
mi presento gli occhi
che per poco
non ho usato
mi concedo

mi assumo
mi spingo
mi apposto
mi bracco
mi invito alla festa
dirigo l'attenzione
con bacchette in ciliegio
riconosco il piacere
rilascio le spalle
non trattengo urla
non trattengo nascite
non dubito delle stelle
non dubito del fatto
che mia madre
non mi abbia abortito
non ho intenzione
di sentirmi
abusivo

tutto compreso aftershow

eccolo l'aftershow
che ti avevo promesso
sono venuti tutti

astri per esempio
arrivati di sibilo
ma sono venuti tutti
eccoli alcuni di sfoggio
altri di buio
ma è sempre stato cosí
alle feste

per esempio onde
se non le vedi da questo parcheggio
o non ne senti l'odore schiaffato
pretendi le mie scuse
ma loro ci sono

gobbe minerali
tutte qua
non senti l'ossigeno
che non c'è?
è ancora colpa mia

non manca una sola belva
non manca una sola
risma di serpente
non senti paura?
perché non ringraziare
allora?
non manca un chicco di sabbia

eppure non hai sete
volevi i miraggi?
sento se hanno tempo
ma vedrai che
si faranno vivi

eccolo l'aftershow
che meriti
tutte foreste finite in selve
finite in boschi finiti in giungle
finite in radure finite in steppe
finite in serre
non senti l'intervento
di tutti i fiori?
fammi provare a rimediare
perché ci sono
come ci sono
tutti fossi passati a canali
passati a torrenti passati a fiumi
passati a pelaghi
la rumba di anfibi e roditori
volatili palmipedi
plantigradi aracnidi cetacei primati
mammiferi parassiti acari
ermafroditi

e poi ci sono
tutti i nostri colleghi
presunti locatori d'anima
senti solo silenzio?
sapessi
quanto
mi
dispiace
per
te

il cerino nel buio

e che il silenzio
dentro le ossa
non inganni
sulla inesorabile
attività

niente scorte a magazzino

da questa parte
di questo sistema solare
scoppiano fuochi
non artificiali
sotto le ombre allungate
di imitazioni malriuscite
di king kong
e in zona
qualche pittore gira
armato fino ai denti
di pistole ad acqua
vicino alle braccia girelle
di vigili che a modo loro
dirigono il traffico
non loro

da questa parte
di questo sistema solare
c'è sempre un rolex
sul comodino
di chi tira sul prezzo
della quota d'iscrizione
al club dei
vivi
per
rappresentanza

camminano sempre
sulle punte
per fregare sull'altezza

ci sono
n volontari
per chirurgia sperimentale
n candele accese
per n diversi motivi
n manuali d'istruzioni

da questa parte
di questo sistema solare
le foglie se ne stanno
a galleggiare sulle piscine
e quelli del bar corteo
hanno il coraggio
di chiudere il venerdí sera

ci sono
troppa confidenza con i solchi
troppi progetti d'incoscienza
troppi ritorni di fiamma
per potersi permettere di dire
è inutile

da questa parte
non è che l'amore
di questo sistema solare
puoi metterlo via
per i tempi duri

non te la caverai con poco

non te la caverai
senza farti vedere gli occhi
da uno bravo
non te la caverai
con dedizione quanto basta
risate quanto basta
sorprese quanto basta
respiri appena appena
non te la caverai
senza passare in farmacia
oppure lasciando a casa
gli abbracci
e il contagocce del piacere

non te la caverai al risparmio
né in fretta
senza gonfiare il canotto
né i palloncini necessari
senza fare scoppiare le bolle
senza alzare il culo dalla poltrona
di fronte allo spettacolo
l'aria succhiata
a misurare
l'autoguarigione
che non succede
le cellule lerce
che si mangiano
la radice
la radice
che si fa comprare
con poco

non te la caverai da fermo
né col navigatore
col vestito da sera
tutto il giorno
tutto il giorno
a sentire che qualcun altro
fa le domande per te

non te la caverai senza favole
o con i baci rifiutati
i letti separati
smettendo di arrossire
senza avere fatto vedere i tuoi posti
senza avere fatto vedere

andrà come andrà

mi dia quattro chili
di gengive di primate
se sono di oggi
le voglio incartate
le metto sul tavolo
ad asciugare
sculture che sanno
il lavoro da fare

ci sono suicidi
da mezzo minuto
e altri che sono
bengala d'aiuto
conosco qualcuno
suicida da anni
deciso nel tempo
deciso nei panni

conosco qualcuno
che è già seppellito
continua a morire
non ha ancora finito
modello di molti
nebbianti qua attorno
morenti a passeggio
giorno per giorno

e se una risata
ci seppellirà
non so chi l'ha detto
ma andrà come andrà

e andrà forse meglio
di quanto previsto
gengive spogliate
oscene di gusto

che a ogni risata
scappata all'imbuto
la morte la metti
per forza seduta
ad aspettarti
un momento migliore
i comici dicono
chi ride e chi muore

quello con gli occhiali azzurri

siamo di qua dalle bombe
sei sempre di là dalle bombe
finché la bomba
non ce l'hai in casa
fino ad allora
siamo di qua
a piangere di sponda
l'assoluzione fatta in casa
la mano destra tenuta alta

e pensare che
quando piove
piove su tutto il mondo
che riesci a vedere

e pensare che
qualcuno
ha potuto
abbinare alle mine
il verbo brillare

là in alto
nessuno migra a sud
perché
là in alto
non c'è nessun sud
ce l'abbiamo solo qui
dove si cammina
e si fanno differenze
mentre
i pinguini scivolano

fino in piazza duomo
campeggiatori festeggiano
appena fuori
dalla camera a gas
i pesci tropicali
sono già di qua
loro sí che si mischiano
senza dover sapere
l'inglese o lo spagnolo
c'è sempre
la luce di qualche display
non c'è mai il buio
che ci dovrebbe essere
la valanga si appoggia
sul lungarno
la bora scirocca

quello che resta
se togli alla freccia
il proprio bersaglio

sesso incappucciato mascherato
porzione monodose di sesso
porzione monodose di cibo
porzione monodose di quiete
di illusione
di igiene intima
di narcosi
di salto con l'asta
di lezioni per fachiri
di faccia a faccia con san pietro

né mutazione
né evoluzione
quelli nuovi
nascono

vedendo da subito
e tu?

santa lucia piú di tanto
non può fare
per tutti questi occhi
né per tutte queste orecchie
che oltretutto non sarebbero
competenza sua

ci vediamo
giú in strada
ognuno
con le proprie pupille
nel caso
non mi riconosceste
sono quello
con gli occhiali azzurri
finché qualche
tipo
di morte
non mi separi

mandala

premo il tasto accensione
attendo il tempo necessario
apro il programma di scrittura
attendo il tempo necessario
vado sul menú testo
da lí sul sottomenú colore testo
scrivo

tutta quella
preparazione
alla morte
non aiuterà
a morire meglio
casomai
a vivere peggio

vado su modifica
scelgo seleziona tutto
e una volta che tutto è azzurro
premo cancella
attendo il tempo necessario
ottengo
lo schermo
vuoto
dal menú archivio scelgo
registra col nome
digito

un titolo a caso

vado a cercare il sottomenú
spegni
attendo
il
tempo
necessario

Indice

Stampato per conto della Casa editrice Einaudi
presso ELCOGRAF S.p.A. - Stabilimento di Cles (Tn)

C.L. 18665

Edizione	Anno
9 10 11 12 13 14 15	2013 2014 2015 2016